Giovanni Gozzadini

Renseignements sur une ancienne nécropole à Marzabotto près de Bologne

Pour le membres du V.me Congrès d'anthropologie et d'archéologie préhistories

Antigonos

Giovanni Gozzadini

Renseignements sur une ancienne nécropole à Marzabotto près de Bologne

Pour le membres du V.me Congrès d'anthropologie et d'archéologie préhistories

Réimpression inchangée de l'édition originale de 1871.

1ère édition 2024 | ISBN: 978-3-38814-540-2

Antigonos Verlag est une marque de Outlook Verlagsgesellschaft mbH.

Verlag (Éditeur): Outlook Verlag GmbH, Zeilweg 44, 60439 Frankfurt, Deutschland, info@outlook-verlag.de
Vertretungsberechtigt (Représentant autorisé): E. Roepke, Zeilweg 44, 60439 Frankfurt, Deutschland
Druck (Imprimerie): Libri Plureos GmbH, Friedensallee 273, 22763 Hamburg, Deutschland

RENSEIGNEMENTS

SUR UNE

ANCIENNE NÉCROPOLE À MARZABOTTO

PRÈS DE BOLOGNE

POUR

LES MEMBRES DU V.me CONGRÈS D'ANTHROPOLOGIE

ET D'ARCHÉOLOGIE PRÉHISTORIQUES

PAR LE COMTE

JEAN GOZZADINI

BOLOGNE

IMPRIMERIE FAVA ET GARAGNANI

AU PROGRÈS

1871

RENSEIGNEMENTS

SUR UNE

ANCIENNE NÉCROPOLE À MARZABOTTO

PRÈS DE BOLOGNE

POUR

LES MEMBRES DU V.me CONGRÈS D'ANTHROPOLOGIE

ET D'ARCHÉOLOGIE PRÉHISTORIQUES

PAR LE COMTE

JEAN GOZZADINI

BOLOGNE

IMPRIMERIE FAVA ET GARAGNANI

AU PROGRÈS

1871

Dans la vallée du Reno, à 27 kilomètres de Bologne, près
de la gare et de la bourgade de Marzabotto, s'élève un plateau très-étendu appartenant à M.r le chevalier Joseph Aria.
Ce plateau, nommé Misano et Misanello, jadis rongé par le
Reno en est à présent seulement effleuré. On sait que depuis
l'année 1550 on y a trouvé par hasard des antiquités, qui
furent aussitôt vendues et dispersées. En 1831 notamment on
y trouva bon nombre de statuettes en bronze et d'autres objets
importants. qui attirèrent l'attention de Micali (1) et de Dennis (2). Mais ce ne fut qu'en 1862 que M.r le chevalier Aria
commença à y faire des fouilles méthodiques, d'après mes
conseils pressants et sous ma direction. Pendant huit ans j'ob-
servai avec soin toutes les particularités qui se présentèrent
dans les fouilles, ensuite je publiai, aux frais de M.r Aria.
deux rapports détaillés et enrichis de 37 planches très-habile-

(1) *Micali Monumenti inediti* p. 115, planche XVIII.
(2) *Dennis The Cities and Cemeteries of Etruria*. v. 1, p. 35.

ment exécutées (1); cependant les fouilles ne furent pas inter-
rompues.

(1) *Di un' antica Necropoli a Marzabotto nel bolognese, relazione del conte Giovanni Gozzadini. Bologna tip. Fava e Garagnani* 1865, in 4.º grand avec 20 planches.

Di ulteriori scoperte nell' antica Necropoli a Marzabotto nel bolognese, ragguaglio del conte Giovanni Gozzadini. Bologna tip. Fava e Garagnani 1870, in 4.º grand avec 17 planches.

On en a donné des rapports dans les jornaux et dans les brochures suivants.

Bollettino di corrispondenza archeologica 1866, p. 101. — Conestabile.

Idem, 1870, p. 127-128. — A. Kluegmann.

L' Opinione, 1866, N. 64. — B.

Il Mediatore, 1866, N. 9, p. 278-281. — B.

Nuova Antologia di scienze, lettere ed arti 1869, p. 513-526. — R. Bonghi.

Relazione del dott. cav. Antonio Garbiglietti, letta all' Accademia di Medicina di Torino, sopra alcuni recenti scritti di craniologia etnografica dei dottori G. B. Davis e G. Nicolucci. Torino tip. Favale 1866, p. 39-43.

Lo studio dell' Antropologia e dell' Etnologia in Italia e breve rassegna di alcuni scritti italiani relativi a queste scienze ecc. discorso del cav. Antonio Garbiglietti, letto nella R. Accademia di Medicina in Torino ecc. Torino tip. V. Vercellino 1871, p. 5-9.

Sui cranii rinvenuti nelle Necropoli di Marzabotto e di Villanova nel bolognese, lettera del cav. dott. Giustiniano Nicolucci. Rapporto (alla R. Accademia di Medicina di Torino) del socio prof. cav. Alberto Gamba. Torino tip. G. Favale e comp. 1866.

Rivista Europea, 1871, p. 394-397. — Felice Finzi.

Literarisches Centralblatt, 1866, col. 880-882. — Bn.

Idem, 1870, col. 1404-1405. — Bu.

Archäologischer Anzeiger 1867, p. 48.

Archäologische Zeitung, 1870, p. 93-104. — Gustav Hirschfeld.

Göttinger Gelehrte Anzeigen, 1871, p. 824-834. — Otto Benndorf.

Matériaux pour l' histoire positive et philosophique de l' homme, 1866, p. 426-427. — G. de Mortillet.

Idem, 1870, p. 269-279. — G. de Malafosse.

Ce plateau, en pente douce, est presque tout occupé par une ancienne nécropole, laquelle a à peu près la forme d'un coin de 700 mètres de long, et en moyenne de 340 mètres de large. La plus grande partie de ce coin (Misano) est entre-coupée de murs mitoyens en cailloux à sec, parfois doubles et entremêlés d'étroits fossés de peu de profondeur, qui sont pavés de cailloux, revêtus sur les côtés de tuiles plates, et clos par intervalles. Ces murs étaient régulièrement de 25 centimètres au dessous du niveau des champs et avaient ordinairement de 40 à 60 centimètres de largeur, et, par exception, jusqu'à deux mètres. Ils ne s'enfonçaient pas plus d'un mètre et demi, souvent moins, et parfois seulement de quelques centimètres. Ils formaient un vaste réseau de compartiments, ou de cellules, de différentes dimensions, variant de 1 mètre 75 à 8 mètres en longueur, et de 1 mètre 50 à 6 mètres 40 en largeur. Plusieurs étaient couverts par des restes de pavé en cailloux de peu d'épaisseur, et les parties de ce pavé qui avaient été défaites étaient un des nombreux indices, qu'on rencontrait, d'anciennes explorations et d'anciens bouleverse-ments. Deux larges espaces, ou avenues, semblent, d'après quelques essais, couper la nécropole de l'est à l'ouest, et du nord au sud.

Dans les cellules on trouva une grande quantité de tessons de poteries grossières, peu de fines et de peintes, et bon nom-bre de morceaux de tuiles plates. Ces tuiles plates probable-ment y avaient formé des caisses sépulcrales séparées, ainsi que d'autres qu'on y trouva intactes, et qui contenaient des cendres stratifiées et plusieurs petits vases funéraires. On y trouva des anses, d'autres bronzes, et particulièrement des statuettes et des pièces d'*aes-rude*. Il y avait toujours une grande urne, mais très-souvent brisée, qui peut-être avait servi à contenir les restes du bucher, quoique deux de ces urnes fussent remplies de cailloux. On y trouva des cendres et des os brulés éparpillés; de la terre noire et gluante provenant de la décomposition de corps animaux; plusieurs squelettes humains, dont six avaient des armes à leur côté; des puits funéraires couverts par les pavés, comme ci-dessus, en cailloux et contenant des squelettes d'hommes et d'animaux; bon nombre d'ossements et des cornes sciées d'animaux domestiques et peu de sauvages (y compris un morceaux de mandibule d'ours) des mêmes espèces ensevelies dans les puits funéraires.

Les particularités et l'ensemble de ces compartiments faisaient bien voir, à mon avis, que ceux-ci n'étaient que des cellules sépulcrales, c'est à dire qu'ils formaient une partie de la nécropole. Cependant quelqu'un y a entrevu les masures d'une ville, malgré la qualité des murs et, généralement, leur peu de profondeur. Ces murs en effet étaient suffisants pour former des séparations étayées par la terre, mais ils auraient été incapables de soutenir le poids de murailles élevées et couvertes de toitures; malgré en outre la petitesse de plusieurs des compartiments, propres à contenir des cadavres et des urnes cinéraires, mais incapables d'abriter des vivants; quoique l'uniformité du niveau supérieur des murs porte à croire qu'ils n'ont pas été tronqués, et qu'ils sont à peu près comme ils étaient originairement; et qu'enfin les compartiments renfermassent, comme j'ai dit, non seulement des urnes brisées, des os brulés et des cendres éparpillées, mais aussi des squelettes humains intacts de temps reculé, comme il appert évidemment par les objets qui étaient près d'eux, des caisses sépulcrales faites de tuiles plates et des puits funéraires inviolés renfermant des squelettes humains. Les étroits fossés qui par ci par là s'entremêlaient, ne peuvent pas avoir été non plus, à cause de leur peu de largeur et des nombreuses cloisons, des ruelles destinées à parcourir la ville supposée, ou à donner accès aux dits compartiments, qui n'ont aucun indice d'ouvertures latérales, ni entre eux, ni du coté des fossés. Par contre quelques uns de ces fossés, pourraient avoir servi pour l'écoulement des eaux, et le but des autres était probablement de marquer des séparations (*intercapedines*) comme on en voit de plus évidentes dans plusieurs tombeaux étrusques, et comme elles furent ensuite réglées par les servitudes romaines. Ce ne pourraient être non plus des rues d'une ville très-antique les deux grands espaces, ou avenues, de 14 mètres de largeur, qui semblent couper la nécropole dans la direction des points cardinaux, car on ne peut pas supposer qu'une ville, aussi ancienne que serait celle-ci, eût des rues aussi spacieuses et aussi bien alignées. De telles avenues seraient au contraire fort propres à faire de grandes divisions dans la nécropole et à y donner accès; comme cela a lieu dans les champs cimetèriaux actuels.

Les puits funéraires, trouvés là et dans la partie plus haute de la nécropole au nombre de 27, sont d'une forme toute particulière, et les premiers découverts en Italie. Il y en a de semblables à Troussepoil, à Beaugency et en d'autres endroits de la France, mais appartenant à une époque moins ancienne, car ils sont tous postérieurs à la conquête romaine, d'après ce qui résulte des objets qui y sont ensevelis. De manière que, s'il y a imitation, c'est dans les puits funéraires de la France. Quelques uns de ceux de Marzabotto diffèrent par leur forme singulière, puisque, au lieu d'être cylindriques, ou à peu près comme d'ordinaire, ils ont la forme d'une amphore allongée, ou d'un battant de cloche. Leur profondeur varic de 2 mètres 25 à 10 mètres 25, la largeur de leur ouverture est de 30 à 77 centimètres, et ils sont construits en petits cailloux pointus sans ciment et avec une grande précision, le fond excepté, qui est taillé dans les marnes grises miocènes. On en peut voir un spécimen qui a été conservé.

Un de ces puits s'élève sur l'ancienne surface de la nécropole par un rectangle de 4 mètres 36 de large, et de 1 mètre 20 de haut, bâti en grosses pierres et en moëllons à sec. Il y a des dégrés pour y monter, comme dans les tombeaux de Castel d'Asso dans l'Étrurie moyenne, peut-être pour aller célébrer sur le défunt les silicernes annuels.

Ces puits contenaient de un à trois squelettes humains, une grande urne, des vases en bronze ou en argile (quelques uns peints) et divers objets, entre autres une tablette céramique sur laquelle était gravé un nom étrusque. Il y avait plusieurs couches d'ossements d'animaux, savoir de grand et de petit boeuf, de brebis, de chèvre, de cochon, de chien, de chat, de cerf, de lièvre, de cheval, d'âne et de crapaud; des valves de péctoncle et des morceaux sciés de bois de cerf.

Les tombeaux les plus remarquables et les plus riches étaient dans la partie la plus élevée du plateau (Misanello). Trente d'entre eux, qui n'étaient que des tumulus en cailloux, renfermaient des squelettes imbrulés, et quelques pierreries en forme de scarabées, avec des mythes asiatiques et grecs gravés. D'autres sépulcres, en grandes briques arrangées en caisse à couvercle aigu, contenaient pareillement des squelettes imbrulés, qui étaient ornés de bijoux; enfin 170 tombeaux en forme de coffre, construits en grandes dalles de tuf travaillées et qui se voient encore près d'un petit lac artificiel, renfermaient presque tous les restes du bucher, plusieurs sortes d'objets, et notamment des vases peints, d'autres en bronze, en albâtre et en verre; des statuettes, des miroirs en bronze et des ornements en or. Néanmoins ces derniers tombeaux avaient été anciennement presque tous fouillés et dévalisés. Un qui était resté intact, peut-être à cause de sa petitesse et de son peu d'apparence, ne contenait rien moins que 57 objets en or. Au dessus des ces tombeaux et de ces tumulus étaient des colonnettes et de grands moëllons sphéroédriques, ou lenticulaires, probablement le σῆμα d'Homère.

Une tombe, bien plus remarquable et bien plus grandiose, mesure 10 mètres de longueur sur chaque côté, sans compter un avant corps avec dégrés, lesquels auront servi au même usage que ceux du puits funéraire, c'est à dire à monter pour célébrer les silicernes annuels. Il ne reste de cette tombe que le soubassement de tuf, *opere quadrato*, de 1 mètre 19 de haut, de style toscan sévère, bien sculpté, et correspondant à celui de semblables monuments sépulcraux de l'Étrurie moyenne, et notamment de Vulci, de Caere, de Alsio et de Tarquinii, qui cependant en diffèrent par ce qu'ils sont circulaires.

Après avoir indiqué en passant la nécropole, je noterai brièvement les objets les plus remarquables qui en furent tirés depuis l'an 1831, et qui sont conservés dans le château voisin de M.ʳ le chevalier Joseph Aria, qui y a formé un musée spécial.

Quinze stèles, ou cippes, et cymaises ornées de corniches, en tuf, sont des restes architéctoniques remarquables, fort rares dans l'Étrurie septentrionale, et qui ont leurs pareils à Norchia et à Vulci, dans l'Étrurie moyenne.

La base, en marbre, d'une colonnette sépulcrale, avec quatre têtes de bélier sculptées aux angles d'une manière archaïque, et qui semblent se rapporter au culte de Amon-ra, ou de Ammon: on la trouva près des tombes ayant la forme de coffre.

Une stèle funéraire, en grès, où est sculptée en bas-relief plat, et en partie gravée, une femme vêtue d'une tunique et d'un pallium, qui, approchant de ses lèvres une patère, commence la libation propitiatoire aux dieux achérontiques. Elle est debout sur un chapiteau superposé à une base, sculptés eux aussi en bas relief plat, et dont les contours sont analogues à ceux de la tombe principale. Cette stèle est une des plus remarquables, non seulement de l'Étrurie septentrionale, mais aussi de la moyenne, soit à cause du sujet qui y est représenté, soit pour la manière archaïque de la sculpture, et surtout enfin parce qu'on ne peut douter qu'elle ne soit un ouvrage local.

Des tuiles plates remarquables par leur grandeur de 1 mètre 7 sur 80 centimètres, et pour avoir au milieu une protubérance trouée, qui était recouverte et percée par un clou à tête large et creuse, fixant la tuile à la poutre. D'autres tuiles plates sont remarquables par des ornements polychrômes, variés et élégants, dans la seule partie qui faisait saillie hors de l'édifice.

Une centaine d'antéfixes avec des petites palmes en relief et coloriées; il y en a aussi qui ont une tête humaine en demi-relief. Ces antéfixes peuvent avoir servi de couronnement à des tombeaux, comme ceux qui furent trouvés à Bomarzo.

Des tessons et des vases peints, particulièrement cylices, cotyles et de grandes célèbes, tant avec des figures noires sur fond rouge, que avec des figures rouges sur teinte foncée. Un grand vase à boire peint, à deux anses, dont la partie inférieure est formée par deux têtes en relief et coloriées, qui semblent représenter Dionysos et Cora, provient d'une tombe à coffre.

Sur le pied d'un vase peint on voit le nom d'un potier grec connu (KAK)ΡΥΛΙΟΝ ΕΓΟΙΕΣ(ΕΝ) Cachrilìon fit; ce qui

prouve que le vase a été importé et par conséquent que la population de Marzabotto avait des relations commerciales. La découverte de tels produits de l'art céramique prouve que Müller s'était trop hâté en déclarant que les vases peints disparaissent totalement dans les pays loin de la mer et dans la haute Étrurie.

Sous le fond d'un vase d'argile noirâtre est gravé le nom ꟅVIꓘA (Akius), en caractères étrusques archaïques de

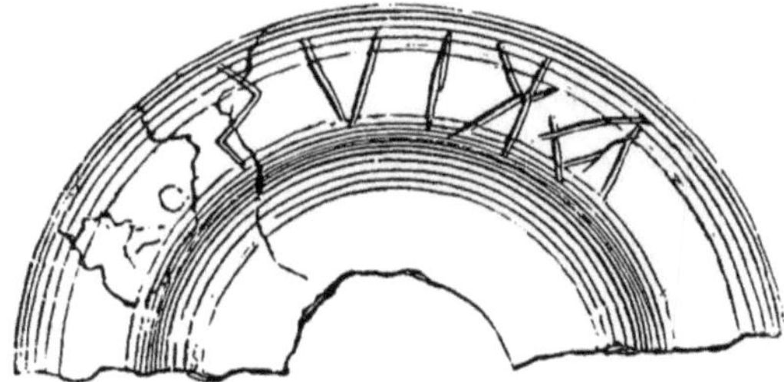

droite à gauche, et sur une tablette tronquée, de terre glaise, qui était dans un puits funéraire, est. gravé, de la même manière, le mot incomplet MVꓓꟍ..., qui doit être rendu par

MVDMV (c'est à dire Umrus), nom de famille. Ces trois noms,
et le mot AVDꙅꙅA (.. aurssa..), aussi en caractères étrusques,
sur une fibule, sont les seuls échantillons d'écriture découverts
dans la nécropole de Marzabotto, où on a trouvé aussi trois
styles en bronze pour écrire.

Des bassins en argile qu'on dirait des passoirs, si les
bords des trous, faits du dehors au dedans, n'empêchaient
pas l'écoulement. En conséquence je crois que ces poteries
ne sont pas des ustensiles de ménage, comme paraissent être
ceux des terramares. Peut-être sont-ce des couvercles d'ossuai-
res, comme quelques-uns de Chiusi.

Des cylindres en argile, élargis aux deux bouts, ornés de
petits cercles en creux. Leur usage est ou inconnu, ou symbolique; il y en avait en grande quantité dans la grotte de Vulci,
appelée d'Isis, et dans la nécropole de Villanova près de
Bologne.

Des cônes en argile, ou des fusarolles.

Quelques uns de ces lourds disques troués, en argile,
qu'on trouve particulièrement dans les stations lacustres.

Trois sphères aplaties, en pierre calcaire, sur une desquel-
les sont gravées trois lignes parallèles, sur une autre, quatre,
aussi paralleles, et sur la troisième un X. Elles paraissent
des poids, car au nombre des unités qui y sont marquées
correspond celui des livres bolonaises, qui ne surpassent pas
de beaucoup les romaines.

Dix *alàbastra*, ou petits vases alongés à parfums, la
plupart en albâtre, quelques uns en verre colorié. On les
retira de tombeaux à coffre contenants d'autres ustensiles
propres aux femmes.

Quelques milliers de morceaux d'*aes-rude,* qui fut le premier moyen légal d'échange substitué au troc pour troc, et

le premier pas pour arriver à la monétisation. Leur poids varie de 10 à 249 grammes. Le plomb y est mêlé au cuivre dans une proportion fort considérable, c'est à dire de 36 pour 100 environ.

Un gros morceau rectangulaire de bronze fondu, sur les deux faces duquel sont des traces d'un bâton (peut-être d'un caducée et d'un trident) pèse 2157 grammes, et semble un rare morceau d'*aes-signatum* carré.

Deux cistes, en bronze, d'une forme particulière à l'Étrurie circumpadane et spécialement au territoire bolonais. On s'en était servi en guise d'ossuaire, ainsi que de quelques autres trouvées ailleurs.

Une centaine de statuettes en bronze retirées de toute sorte de tombeaux, dont deux grandes de femme, ou de la déesse Espérance sont remarquables par le caractère archaïque, par les vêtements, par l'acte symbolique de relever la robe, et (quant à une au moins) pour tenir à la main l'oeuf, embryon de la nature animale.

Une autre statuette, en bronze, représentant un éthiopien portant une amphore sur ses épaules, est aussi curieuse au point de vue de l'art qu'à cause de la rareté du sujet. Je la trouvai dans un tombeau à coffre.

Bien plus remarquable encore est un groupe de Mars et Vénus, haut de 15 centimètres, dans lequel l'art étrusque montre le progrés qu'il a su faire en imitant la perfection de l'art héllénique. Mars est armé d'une lance, d'une cuirasse à écailles et d'un casque à long cimier: il appuie la main gauche sur une des épaules de Vénus, qui présente une patère rituelle, peut-être pour recevoir les libations. Elle a de longs vêtements, selon le plus ancien style italique. Je trouvai aussi ce groupe dans un tombeau à coffre.

Une jambe et une cuisse d'homme, en relief entier, hautes de 14 centimètres et demi, sont un bronze votif d'une si grande beauté qu'on le croirait un ouvrage d'art grec du plus beau temps.

Une tête de boeuf, aussi en bronze, fort bien modelée. L'illustre professeur Owen l'examina, sur ma prière, et y reconnut les caractères du *bos brachyceros*.

Des vases en bronze de formes caractéristiques étrusques. Quelques uns avec manches enrichis d'animaux en relief, d'autres ornés de gravures et d'autres dorés au feu. Les situles, ou petits sceaux à longue chaînette, trouvées dans les tombeaux à coffre, méritent d'être remarquées.

Sept miroirs, en bronze, ornés de feuillages. Quant ils furent trouvés, dans les tombeaux à coffre, on n'en connaissait que deux autres, de l'Étrurie circumpadane.

Des bracelets en bronze, dont un d'athlète, d'autres en fer et un en argent, dans lesquels était encore passé le radium de squelettes.

Trois styles, en bronze, à écrire.

Sept élégants cure-oreilles, en bronze.

Huit poignées de dague en bronze, toutes pareilles.

Vingt-quatres petites pointes, à ailes, de flèches, en bronze.

Des lames de lance en bronze, d'autres en fer.

Des lames de dague en fer, avec des restes de foureaux aussi en fer.

De doubles anneaux en bronze à trois pointes, pour bander l'arc.

Trois glands en plomb, pour fronde; il y a quelques sigles.

De petits vases massifs, en bronze, de la forme de l'*oeno-choé*, mais sans pied; on les tenait suspendus à de petits bâtons en bronze.

Une clef dont le fût est en bronze, très-orné, mais sans anneau; le panneton est en fer; il y a deux autres fûts pareils.

Une plaque en os, où sont ciselées finement trois colombes, et la lettre A de forme étrusque. C'est peut-être une partie de ces *pixis*, ou petits coffres, qu'on plaçait remplis de présents près des cadavres.

Des dés à jouer; un noir en argile, d'autres en os, dont quelques uns sont remarquables par leur forme parallélipipède, que l'on trouve aussi en orient, et par la disposition des numéros qui est différente de celle qu'ont constamment les dés grecs et romains.

Grand nombre de métatarses et de métacarpes du petit boeuf, exclusivement, dont on avait séparé les apophyses, au moyen d'une scie fine, ou dont on avait scié horizontalement les diaphyses.

Un morceau d'objet en paille fine tressée, retiré du fond d'un puits funéraire.

Maintes jolies graines de verroterie à plusieurs couleurs, qui, intercalées de sphéroïdes d'ambre, formaient des colliers.

Des têtes d'épingles à cheveux, ou d'autres parures, et des fusarolles en verre, aussi à plusieurs couleurs.

De petites têtes de femme et d'animaux, en relief plat, qui probablement ont servi comme parures et comme amulettes.

Des bagues de plusieurs façons en bronze, en argent et en or: quelques unes enrichies de pierreries. Une en or, à cercles concentriques saillants, est fort jolie. Une autre, aussi en or, est d'un grand intérêt par la sculpture en creux d'un hermaphrodite, de style archaïque toscan, qui est une de plus anciennes représentations de ce mythe. Sept bagues, en argent et en or, se distinguent par le scarabée symbolique, monté en pivot. Un de ces scarabées en pâte, tout à fait exotique pour la matière et pour le sujet, montre le mythe asiatique de la lutte d'Ormuzd et d'Ahrimane, ou du Génie du bien contre le Génie du mal. Un autre scarabée, en corniole, représente Achille sur le dos du centaure Chiron son maître. Il y en a un, aussi en corniole, avec une Minerve ailée et cuirassée, de style archaïque. Un, encore en corniole, est de la plus haute importance par la perfection du travail et par la rareté du sujet: Hercule embrassé par la Victoire. Un travail de gliptique aussi très-précieux est sur un quarze (peut-être aussi pour bague) et y représente la génisse Io furieuse à cause de la piqure de l'asile.

Des fibules en bronze de formes très-variées, une en argent et de très-petites en or.

Des épingles à cheveux, en bronze, la plupart en forme de thyrse.

Des boucles d'oreilles, en or.

Des bulles, en or.

Quarante petites plaques, en or, de plusieurs formes, enrichies d'ornements empreints et entourées de petits trous à fin de les coudre sur des rubans ou sur des vêtemens.

Des boutons sphéroïdaux, en or.

Une dent humaine montée élégamment en or, pour la tenir suspendue comme une breloque.

Un très-beau collier de sphéroïdes, en or, à ornements variés, ornés d'une granulation microscopique.

Deux grands objets en or, à suspendre au cou, dans lesquels éclatent l'élégance, la richesse et l'exécution très-fine et inimitable de l'orfèvrerie étrusque. L'ensemble des pierreries indiquées, et de ces bijoux, trouvés presque tous dans les tombeaux à coffre, est très-considérable.

Ne m'étant pas intéressé seulement à ce qui appartient à l'industrie humaine, mais aussi à ce qui se rapporte à l'ethnologie et à la zoologie, je recueillis dans la nécropole vingt quatre crânes humains brisés, les uns dolicocéphales, les autres brachycéphales, et les ayant recomposés, j'invitai M.ʳ le chevalier Justinien Nicolucci, anthropologue distingué, à les étudier. Il fut d'avis que ce n'étaient pas des crânes de la race étrusque, mais que plutôt on pouvait les supposer de la race ombrienne. Malgré cela, puisque au point de vue archéologique tout concourt à prouver dans la nécropole de Marzabotto la civilisation, les usages, l'art, l'écriture des Étrusques; puisque l'anthropologie ne possède pas encore une quantité suffisante d'éléments pour pouvoir émettre un jugement sans appel dans une question où il reste à établir quelle influence physique a eu le mélange des races attesté par l'histoire, et quelle modification du type cranien s'en est suivie; je n'ai pu faire à moins d'être porté à croire étrusque la nécropole de Marzabotto. Par conséquent, au lieu de l'attribuer aux temps de l'autonomie ombrienne, je la crois de l'époque, postérieure, de la domination étrusque, qui finit à la moitié du IVᵐᵉ siècle de Rome. Les Gaulois Boïens, venant alors du nord, envahirent cette partie de l'Étrurie, dont Felsina, qui après fut nommée Bologne, était la ville *princeps*, et, en chassant les Étrusques, se répandirent jusqu'à l'*Utis*, c'est à dire au Ronco, qui coule près de Forlì.

On ne connait pas qu'elle était la bourgade, ou la ville, qui devait s'élever non loin de la nécropole, ou elle a laissé bien des traces de civilisation développée, de rites, du goût pour les arts, du bien être et du luxe. Mais on ignore aussi le nom et l'endroit de plusieurs villes capitales de la confédération étrusque circumpadane. La dénomination de Misano, manifaistement moins ancienne, et de l'époque romaine, doit se rapporter à une propriété particulière, ainsi que bien d'autres dénominations de la même désinence. Le *Misanus* latin, ellipse de *fundus misanus,* se modifia, italianisé, en Misano.

Les ossements d'animaux ramassés dans la nécropole furent étudiés, aussi d'après ma prière, par deux illustres savants, le professeur Cornalia, italien, et le professeur Rütimeyer, suisse, qui y ont reconnus les animaux suivants.

> Ursus arctos
> Canis familiaris
> — — palustris?
> Felis catus
> Mus rattus?
> Equus caballus
> — asinus?
> Sus palustris
> — scrofa ferus?
> Cervus elaphus
> — capreolus
> Ovis aries
> Capra hircus
> — ?
> — ?
> Bos brachyceros
> Gallus domesticus
> Bufo vulgaris
> Pectunculus glycimeris (fossile)
> Cipraea tigris

Dernièrement on a trouvé dans la nécropole un grand et beau morceau de bois de Cerf, scié à la base et à trois diramations. Sa forme très-aplatie fait voir qu'il n'appartient pas au *Cervus elaphus*. Quant aux autres espèces auxquelles on pourrait le rapporter, M.ʳ le Professeur Capellini penche pour le *Cervus alces*.

De la quantité des individus il résulte que le *Bos brachyceros*, ou beuf à petites cornes, qui à présent a disparu tout à fait de l'Italie, était commun dans ces lieux, ainsi que deux espèces de chèvres à cornes très grandes, peut-être semblables aux chèvres des terramares, qui ont aussi disparu. Il semble que non loin de Marzabotto habitaient même le chien et le porc sauvages, le sanglier, le cerf, le chevreuil et l'ours, de sorte que la faune de ce pays aurait subi des modifications après l'époque de la nécropole. Ces quelques lignes du rapport que l'illustre Rütimeyer eut la bonté de m'adresser, pourront faire apprécier l'importance scientifique de ces ossements. « En vous communiquant maintenant les résultats de cet examen je regrette de devoir commencer par l'aveu que ces résultats me paraissent peu considérables pour le moment, nonobstant la grande valeur que j'attribue aux collections que vous avez formées à Marzabotto, certainement jusqu'à ce moment la localité la plus importante pour juger des relations entre la faune actuelle et celles des temps antéhistoriques. »

M.ʳ le chevalier Aria faisant continuer les fouilles, il est à espérer qu'on obtiendra d'autres résultats importants. Mais laissant de côté l'avenir, on peut bien affirmer que la nécropole de Marzabotto en a déjà donné assez pour contribuer largement à rendre moins épaisses les ténèbres, amoncelées par les siècles et par les vicissitudes sur l'Étrurie septentrionale.

NELLA SOLENNE INAUGURAZIONE

DEL

MUSEO CIVICO DI BOLOGNA

FATTA IL 25 SETTEMBRE 1881

DISCORSO DEL DIRETTORE GENERALE

SENATORE GOZZADINI

BOLOGNA
TIPOGRAFIA FAVA E GARAGNANI
1881

Nel 1869 un comitato organizzatore e l'amministrazione municipale si adoperavano a preparare accoglienze decorose e scientifiche. Avvegnachè un'eletta di sapienti da tutte parti d'Europa doveva convenire l'anno seguente in Bologna, per tenervi il V Congresso internazionale di archeologia e di antropologia preistoriche, deliberato a Copenaghen.

Quel comitato curò e condusse ad effetto una mostra temporanea, o esposizione nazionale, di oggetti preistorici, che fu prima e splendidissima; e, insieme con la deputazione di storia patria, chiese con insistenza al Municipio ed ottenne l'istituzione d'un museo archeologico. In cui, a beneficio degli studi e a lustro permanente del paese, si raccogliessero le collezioni lasciate dal Palagi, rimaste quasi tutte occulte dieci anni; non che la suppellettile etrusca avutasi con gli scavi municipali fatti nei chiostri della Certosa, ridotti a cimitero moderno.

La guerra titanica del settanta fece diferire il Congresso, durante il quale e coll'intervento de'principali suoi membri, fu inaugurato solennemente il Museo civico di antichità nel 2 Ottobre 1871. Oggi, scorso un decennio, s'inaugura questo nuovo Museo, mentre Bologna accoglie orgogliosa e plaudente l'altro Congresso internazionale, di geologia, che renderà memorando codesto anno.

Allora, per la brevità del tempo e per la scarsezza dei fabbricati facilmente adattabili, vennero allestite pel Museo civico soltanto quattro sale, e così collegate con la biblioteca, da parerne piuttosto dipendenza, anzichè un istituto speciale e autonomo. Nè si provvide a preparare una sede per ulteriori ritrovamenti di antichità di cui non era a dubitare, considerando che il numero dei sepolcri rinvenuti alla Certosa doveva necessariamente costituire solo una porzione della necropoli felsinea. Chè anzi alcune delle collezioni palagiane, non potendo capire nelle quattro sale, rimasero nelle casse decennali; e il medagliere, insieme con altri oggetti preziosi, rimase in custodia al Monte di pietà, quasi fosse un pegno che non si poteva liberare. Altre collezioni non trovarono spazio sufficiente a fare bella mostra: i vasi della Certosa, raccolti in pezzi, erano stati male racconciati e non durevolmente. Si aveva principiato, e fatto molto, ma molto e più rimaneva a fare.

E venne fatto dalle amministrazioni municipali che succedettero. Poichè gli ulteriori ritrovamenti di antichità, facilmente prevedibili, non tardarono ad avvenire, e in grandissima copia; tanto per l'industria privata di società e di proprietari di terreni, per nuove esplorazioni ordinate dal Municipio, per altre accordate dal Ministero della pubblica istruzione, quanto per casuali fortunatissime scoperte; oltre di che si ottenne l'annessione d'un altro museo.

Il Municipio aveva già comprato fino dal 1862 il vasto edificio che fu spedale della Morte, per valersene a concentrarvi segnatamente gli archivi diplomatici di Bologna, sparsi e disordinati in varii luoghi della città; di guisa che tali tesori di memorie erano in rischio continuo di sperpero e d'altre peripezie, nè si poteva trarne se non scarsa utilità, con disagi e fatiche incomportabili. Poi l'ottimo divisamento venne contrariato e per poco non fu reso impossibile. Ma nella lotta trionfarono coloro che propugnavano gl'interessi morali del proprio paese; e fu allontanato il pericolo imminente, di vedere allogati i tribunali in quell'edificio destinato agli studi. Chè, per accordi col Governo, ne fu assegnata una parte all'archivio di stato, allargando il concetto dell'archivio diplomatico. La parte principale fu riserbata al Museo, aggiungendovi aule costrutte appositamente, le quali saranno in breve accresciute, tostochè verrà tramutata la sede del liceo Galvani.

Così le due nuove e insigni istituzioni, il Museo civico e l'archivio di stato, sacrari degli avanzi e delle memorie dei tempi andati, ma segnatamente di tutto il passato di codesto paese, furono raggruppati, senza lederne l'autonomia, all'antico studio bolognese di rinomanza mondiale, e ricco di propri monumenti. Quivi è la biblioteca civica, doviziosa di opere archeologiche, storiche e d'arte, onde fornirà comodo ed ottimo sussidio a coloro che studieranno i monumenti del Museo e dell'archivio.

L'idea d'unire alle collezioni palagiane il museo universitario di antichità, era sorta fino dal 1863, caldeggiata dalla deputazione di storia patria; nè v'era chi non apprezzasse l'utilità di tale unione, che doveva dare agevolezza di confronti proficui alle investigazioni, e mettere in evidenza raccolte di pregio, nostrane e avventizie, cui nell'antica sede rimanevano pressochè inosservate. Senza dire che le raccolte, congiunte, reciprocamente s'arricchiscono e quasi si completano. Ma l'attuazione di sì egregio disegno trovava molte difficoltà, le quali cagionarono indugi e più volte sfiducia. Finalmente nel 1878 l' aspirazione diventò un fatto compiuto, mercè l' annuenza dell' onorevole De Sanctis, Ministro allora della pubblica istruzione. Vi contribuirono specialmente il Sindaco di Bologna commendator Tacconi, il rettore di questa università senatore Magni, il benemerito Direttor generale delle antichità senatore Fiorelli, non che questo commissariato de' musei archeologici. E l' annessione fu completa, com' era stata richiesta; dacchè le collezioni nazionali e le municipali non furono soltanto ravvicinate entro un solo edificio, conservando una dualità che avrebbe reso il provvedimento imperfetto; ma vennero compenetrate, e, come suol dirsi, fuse insieme. Con questo, che la proprietà rimase distinta com' era prima, indicata per mezzo di segni in ciascun oggetto e notata nell' inventario generale con numeri corrispondenti.

Il Ministero e il Municipio stabilirono che le due sezioni del Museo, una comprendente le collezioni propriamente antiche, l' altra quelle del medio evo e del risorgimento, avessero ciascuna un direttore speciale nei chiar. professore Edoardo Brizio e dottore Luigi Frati. Aggiunsero però un direttore generale, allo scopo che tutto procedesse unitamente.

Il museo universitario di antichità ebbe principio dalla munificenza di due patrizi bolognesi vissuti nel secolo XVII, che preferirono il lusso delle collezioni a quello dei cavalli ed a qualche altro più costoso. Uno fu il senatore Ferdinando Cospi, che coltivò anche le lettere come molti suoi contemporanei, cosi per passatempo, e per quel tanto da essere ascritto ad una delle cento accademie, le quali, con nomi stranissimi, infestavano qui come altrove il campo letterario: e giunse fino al grado, invidiato allora, di principe dei Gelati, ossia di quell'accademia che più era in voga a Bologna.

Aveva raccolto oggetti di storia naturale, di antichità e d'altre sorta, che, dalle sue domestiche pareti passarono a quelle del palazzo pubblico, presso il museo dell' Aldrovandi, allorchè il Cospi li dette in dono al Senato. Li fece pubblicare e illustrare in un grosso volume, con lodevole intendimento, da Lorenzo Legati di Cremona, che insegnava letteratura greca nel nostro ateneo, ma ch'era tale archeologo da battezzare per samii dei vasi moreschi.

L'altro bolognese che iniziò il museo fu il celebre Ferdinando Marsigli, fondatore del nostro instituto delle scienze; uomo altrettanto insigne, quanto perseguitato da avversa fortuna, che lo ridusse schiavo de' Turchi, poi lo fece vittima innocente del dispotismo militare. Sì che integerrimo, dotto e valoroso generale nell' esercito di Leopoldo I imperatore, ebbe spezzata la spada dal carnefice sul patibolo. Ma Luigi XIV, benchè nemico, inviandogli una spada, riparò l' ingiustizia d' un altro straniero. Come le opere stampate e inedite del Marsigli dimostrano la sua dottrina, così i cataloghi voluminosi delle donazioni da lui fatte all' instituto delle scienze, ne attestano la magnanima liberalità.

Accrebbero la suppellettile dell' instituto, particolarmente la numismatica, il concittadino Benedetto XIV e il gentiluomo veneto Savorgnan ch'era qui prete dell' Oratorio, cui il Senato rimeritò d' un' epigrafe onoraria.

Emulo di que' patrizi, l' artista bolognese Pelagio Palagi può dirsi l'istitutore del Museo civico. Egli consacrò alle antichità, e in parte alla patria, non le ricchezze avite, ma quelle guadagnate dalla sua mente e dalla sua mano con opere lodate di pittura, di statuaria e di architettura, nel corso d' una lunga esistenza. Imperciocchè le tre arti erano pel suo versatile ingegno una sola con diverse forme, come per alcuni grandi maestri del cinquecento. Non più che archeofilo, seppe valersi del consiglio d' uomini dotti per acquistare cose pregevoli, e non solo profittò di propizie occasioni, ma stava e faceva stare del continuo in cerca per aumentare e vie più impreziosire le sue collezioni, senza badare a spesa. Di che si hanno autentici e interessanti particolari nella parte di suo carteggio passata alla biblioteca comunale. Vi si conoscono pertanto le trattative avute per l'acquisto, che poi fece, della raccolta importantissima di antichità egizie formata da Giuseppe Nizzoli, cancelliere del consolato austriaco in Egitto. Quello stesso che pochi anni prima avea venduto a Ferdinando III la suppellettile egizia che si ammira a Firenze. Onde si potrebbe dire che il nostro artista emulava, per quanto era da lui, la munificenza di un principe, al quale sovrastava di gran lunga nell'amore per le antichità, così come nell'ingegno, non toccato in sorte ai Lorenesi, fuorchè a Giuseppe II. La collezione stessa palagiana prevaleva alla ferdinandea a giudizio dell'illustre egittologo Chabas, che, studiando la prima per incarico del Ministero francese, meravigliava della costei ricchezza e dell'abbandono in cui era lasciata. Ma fin dal 1832, quand'essa era a Milano, veniva segnalata dal celebre Gerhard insieme con le altre di antichità greche, etrusche, romane medioevali e peruviane, raggranellate dal nostro archeofilo.

Altro notevole acquisto fatto dal Palagi fu il medagliere adunato dall'illustre Schiassi, di cui sarebber rimasti privi i Bolognesi con tanto maggior rammarico, se a loro nol conservava il benemerito concittadino, quanto che comprende una serie ricchissima di monete della zecca paesana.

A trentun anno il Palagi lasciò Bologna per vivere in ambiente più confacevole allo studio e all'esercizio dell'arte. Ne trascorse ventisei a Roma e a Milano, altri ventotto a Torino, chiamatovi dal re Carlo Alberto per ispettore delle scuole, pittore, architetto e decoratore dei palazzi reali. Ma la sua assenza per più di mezzo secolo non gli rattepidì l'amore nè la carità pel loco nativo. Talchè le sue ultime volontà furono a beneficio e a lustro della diletta Bologna, cui lasciò quel Museo ch' era reputato un de' più insigni di proprietà privata, per un terzo meno del suo valore: il quale, secondo le stime legali, ammontava alla somma cospicua di 420,000 lire. Tale era stato il frutto de' risparmi del nostro artista, tale il risultato di sue cure indefesse pel corso di una vita ottantenne, compiutasi quando i plebisciti e Vittorio Emanuele, realizzando l'aspirazione di molti secoli e di molti martiri, liberarono e unificaron l'Italia.

Le sale del Museo civico, da quattro che erano, sono adésso ventitrè: una ha l'imponente lunghezza di metri settantadue e vi son riprodotte diciotto pitture murali di tombe etrusche, che, meglio di qualunque descrizione fan conoscere gli usi di coloro, le cui suppellettili funebri, e in parte domestiche, conservansi nella medesima sala. Il Museo ha in oltre un atrio spazioso, un peristilio e un cortile che altresì contengono collezioni di antichità; ha stanze per gli uffici non che per la scuola d'archeologia, fornita copiosamente di riproduzioni dei capolavori scultorii; e tutto ciò fu allestito per le cure assidue e intelligenti dell'assessore municipale cav. Lambertini.

Qui ricorderò come sia vanto di questa città sopra ogni altra, l'avere avuto la prima cattedra d'antiquaria, instituita è già più d'un secolo dal Senato bolognese, nell'instituto delle scienze.

Percorrendo le aule del Museo, ne troverete quattro, o Signori, in cui sono monumenti di quel popolo caucaseo, che, migrato dal remoto oriente e attraversati i lunghi periodi di barbarie, di rozzezza e di mezzana coltura, aveva già raggiunta nella valle del Nilo una civiltà splendidissima e contava la prima dinastia storica, al tempo cui è assegnata, da interpretazioni erronee, la comparsa dell'uomo sulla terra. Que' monumenti provengono quasi tutti dal lascito del Palagi e son notevoli alcune statue, massimamente la piccola, che rappresenta Nofréhotep della XIII dinastìa del *medio impero*. La quale piccola statua fu dedicata alle divinità di Crocodilopoli, ed è un monumento raro, come gli altri di tale dinastìa, che finì di regnare 4,278 anni fa, avendo cominciato or sono 4,731 anno. Notevoli i grandi sarcofagi tutti pitturati di leggende geroglifiche: una delle lastre geroglificate di basalte, ond'era rivestita la cella sepolcrale di Nectanebo I, capo della dinastìa Sebennitana: le seicento statuette, sia di divinità, e di animali sacri, in bronzo, sia le funerarie o *schabti*, cioè dei morti nella loro seconda trasformazione, fatte di terra a smalto e di legno: i papiri demotici, i ieratici, due dei quali scritti mentre regnava o *Ramses II*, il Sesostri dei Greci, o il suo successore *Meneptah II*, il Faraone dell'esodo; i quali papiri contano trentatrè secoli, e vennero studiati e illustrati dai celebri egittologi Chabas e Lincke. Notevoli i millecinquecento amuleti, compresi gli scarabei, destinati specialmente a sostituire il cuore nei cadaveri mummificati; e tra i cartelli reali onde sono impreziositi, veggonsi quelli di *Ra-men-kheper*, di *Ra-nefer-ka*, di *Ra-neb-ma*, di *Ra-mse-s*. Dei due illustrati dallo Szedlo, il primo risguarda *Ra-neb-ma*, ossia quell'Amenofi III figurato nel celebre colosso di Memnone a Luxor: e nello scarabeo si ricordano centodieci leoni feroci uccisi da quel Faraone. L'altro scarabeo, col nome di *Ra-mse-s* (III), reca un episodio delle guerre mossegli dai Sardi, dagli Etruschi e da altri popoli del Mediterraneo.

È preziosa la serie di stele, d'argomento sacro, civile e funerario, scolpite a basso rilievo, e non vi mancano le iscrizioni, nè cartelli reali. La più grandiosa, che sta a capo della sala, è dedicata al favorito del re Sismeri, quindi appartiene al *medio impero*, ed è il monumento più vetusto del nostro

Museo, potendosi attribuirgli cinquemila anni. Un'altra stela, rinvenuta in una tomba presso Tebe, rappresenta un giovine principe che si esercita nell'equitazione, ed è perciò rarissima, anzi la perla di codesta raccolta, al dire dell'eminente egittologo Chabas; avvegnachè fra tutti quanti i monumenti egizii, un altro solo del palazzo di Karnack mostra un uomo a cavallo. Il nostro fu pubblicato dal Rosellini e riprodotto dal Chabas.

Nella sala delle antichità greche richiamano l'attenzione i vasi ceramici, e più quelli di stile antichissimo provenienti da Atene, da Sicione, da Corinto, e dalle isole dell'Egeo; i quali per copia e per importanza formano un complesso che forse non ha pari negli altri musei d'Italia. Preziosi i molti lekiti dell'Attica, specie quelli con figure finamente delineate in campo bianco. Tra 'l gran numero degli altri vasi dipinti della Grecia, della Magna Grecia, e delle isole, emergono una delle poche anfore panatenaiche, e la famosa coppa con Aineto e Codro, già posseduta e illustrata dal Braun. È un gioiello anche oggi, benchè cadesse di mano a una signora, cui mostravala il Palagi, troppo confidentemente, e n'ebbe un compenso di 1400 lire, pel danno patito; sì che quella sbadataggine fu pagata cara.

Ora se a tutto questo vasellame dipinto si aggiunga quello dei sepolcri bolognesi, che ha sede propria, la collezione può dirsi stupenda. Altri monumenti di gran pregio sono una parte di vaso d'argento circondato da ricca composizione di figure a sbalzo in alto rilievo, che fanno un sagrificio a Diana: una testa muliebre grande al vero, in bronzo, nella quale traspare la squisitezza dell'arte attica, ed una in marmo, più grande, più egregia, di un efebo vincitore della palestra: non ha gli occhi, e pur guarda intensamente. La pubblicò il Conze, ravvisandovi il tipo della scuola di Policleto. Meritano d'essere indicati i vaghissimi balsamari di vetro policromo, ed uno in argilla di tanta rarità da non conoscersene se non un altro simile, ch'è nel museo di Berlino.

Alle cose nostrane danno principio gli oggetti tratti da grotte, da altri abituri antichissimi, e da terramare bolognesi. Ragguardevoli quelli della stazione di Pragatto per le figuline ad anse lunate e per le molte e magnifiche corna di cervi, le quali offrono segni diversi della mano dell'uomo. Codesti ed altri avanzi di tali grandi e timide belve, e qualche resto d'orso ferino, rannodansi alle selve che in tempi remoti estollevansi nell'agro nostro ove ne rimane il nome, non che alla vicina selva Litana, famosa per l'accanita resistenza de' Galli Boi alle invadenti legioni di Roma. Nella sala anzidetta sono altresì delle reliquie antichissime di nostri sepolcreti rurali, tra cui la cista etrusca di Monteveglio, che fu la prima delle quarantacinque disotterrate nel bolognese.

Per contro tutte le dovizie della necropoli felsinea sono raccolte in quell'aula magna che si prolunga settantadue metri, e bene corrisponde alla copia e all'importanza della suppellettile tratta da duemila e più sepolcri preromani, aperti nei poderi Tagliavini, Arnoaldi, Benacci, Deluca, in una stradella intermedia, alla Certosa, all'arsenale militare ed al giardino pubblico. Suppellettile, che per la sua antichità, omogeneità ed abbondanza, è di un interesse superlativo, e fa meravigliosamente conoscere in tutti i particolari più minuti due epoche successive della prisca civiltà italiana, e specialmente di cotesto paese. Il quale fino alla metà del secolo era rimasto pressochè privo d'ogni monumento e d'ogni ricordo precedente la gallica invasione, benchè la di lui Felsina fosse stata città principe dell'Etruria. Ora invece non abbiam più a invidiare la celebrata necropoli di Hallstatt.

La prima di quelle due epoche, che dirò italica per isfug-

girę quistioni etnologiche, appartiene al principio dell' età del
ferro, come la necropoli di Hallstatt, e non ha altra storia che
quella rivelata dalle tombe. I suoi oggetti sono del tipo detto
di Villanova, simili a quelli che da pochi anni si van scoprendo
in altre parti d' Italia, massime nell' Etruria centrale, nel La-
zio, nell' Insubria e nella regione euganea. In quella età prevaleva di molto la combustione dei cadaveri, onde la gran copia
di vasi ossuari, quasi tutti d' una forma tipica, quasi tutti d'argilla; e, insieme con la più parte delle stoviglie accessorie,
svariatissime, han graffiti geometrici, non che figure di animali
e d' omicciattoli, impresse a stampa; oppure meandri grossola-
namenti colorati. Molti utensili di bronzo spiccano per fregi in-
cisi, o condotti a sbalzo, specie le piccole ciste di cui abbiamo
dovizia, mentre ne scarseggiano tutti gli altri paesi fino al Bal-
tico. Sono tipici il rasoio lunato, che si rinviene anche di là
delle Alpi, lo strumento a sezione di campana da trarne suono,
e l' altro fusiforme d' uso ignoto; i quali due ultimi rimangono
fino ad ora peculiari di cotesta regione. La copia delle fibule
è tragrande, sia di solo bronzo, sia abbellite di vetri, di paste
colorate, d' osso e di ambra. È scarso il ferro perchè comin-
ciavasi appena e raramente ad usarlo.

Tutto questo mondo funereo ha un carattere proprio, ma
però offre analogie e punti di contatto con la suppellettile del-
l' epoca seconda, ossia degli Etruschi, i quali ebbero propri
annali che non giunsero fino a noi. Onde, a menomare il danno
di tal perdita, fu d' uopo, e lo è ancora, d' interrogare le tombe
di quel popolo misterioso, che non son mute per l' archeologo.

Quella seconda epoca mostra l' arte succeduta al mestiere,
nella vaghezza ornamentale degli arnesi, nelle sculture in pietra e in bronzo. Palesa i commerci e il lusso che hanno in-
trodotto l' avorio, l' argento e l' oro foggiati in ornamenti della
persona, ed hanno importati dall' oriente i balsamari, dalla Gre-

cia i vasi dipinti e forse alcuni bronzi creduti fino ad ora etruschi. Quei vasi, adoperati negli usi domestici dai doviziosi, venivano usati eziandio a conservare le reliquie dei cari defunti, da coloro che perseveravano nel rito della cremazione, divenuto molto meno comune. Anzi, il lusso era pervenuto al punto, da adoperarsi come vaso ossuario la situla di bronzo ingemmata d'un corteo rituale figurato a sbalzo, ch'è il monumento più singolare di codesto Museo e che primeggia tra gli altri congeneri, comprese le situle rinvenute recentemente negli scavi d'Este e dell'Arnoaldi. Di guisa che fu dichiarato uno de' monumenti più importanti per la storia, per la religione, per l'arte antica dell'Etruria. Lo pubblicò il Zannoni, nel ragguaglio degli scavi da lui diretti alla Certosa.

La civiltà in siffatta epoca era pervenuta a tale, che aveva raggiunto e appropriatosi quel gran fattore che n'è la scrittura. Ma, assai meglio che dalle mie parole, voi potrete, o Signori, rilevare tutto ciò, osservando la squisita eleganza dei balsamari di vetro variopinto, dei simpuli, di un elmo, dei candelabri ornati da statuette e muniti di punte per infiggervi candele; osservando una cista che riscontra le notissime di Preneste, ed ha un carattere molto diverso da quello delle ciste a cordoni, numerose nella nostra necropoli, tipiche di questa regione, benchè qualcuna siasi rinvenuta altrove, ma non mai nell'Etruria centrale; osservando la gran serie di vasi dipinti, alcuni giganteschi con soggetti mitologici interessantissimi o nuovi, altri invece con rappresentazioni tolte dalla vita reale: i quali vasi han già attirato gli studi del Brizio e del Ghirardini.

Le cento stele sepolcrali, scolpite in pietra arenaria e d'arte indigena, sono una specialità tutta nostrana e di grandissimo interesse. Molte figurate in ambe le facce, talvolta a tre e fino quattro compartimenti, che offrono composizioni diverse,

ma che spesso adombrano il migrare agl'inferi. Però in mezzo
a quel misticismo funereo, scatta un tratto burlesco, qual ne
sia la ragione: ed è, che un uomo, rappresentato in una di
queste stele, tiene il pollice della sinistra aperta appoggiato
alla punta del naso, in quel modo beffardo che ognuno conosce.
È in cotali stele che apparisce la scrittura etrusca, non ancora
stenebrata di tutta la sua misteriosità, malgrado i profondi
studi di dotti nostrani e stranieri.

Vedrete raggruppata distintamente la suppellettile di ciascun sepolcro delle due epoche, che offriva maggior interesse;
ed è soprattutto notevole, per la copia e la leggiadria degli
oggetti, il gruppo che sta a capo dell'aula magna, e mostra la
dovizia d'una tomba etrusca del giardino pubblico, sfuggita
agli antichi spogliatori. Vedrete anzi dei sepolcri di varie guise
trasportati qui tutt'interi, sia contenenti gli avanzi del rogo,
sia con lo scheletro adagiato; onde per ciò, e per una serie
di fotografie, vi parrà di assistere allo scavo nel momento in
cui furono ridonate alla luce queste tombe dopo una notte di
ventitrè secoli, e vi sarà facile trasportarvi col pensiero al
giorno lontanissimo, in cui codeste reliquie e i circostanti de-
nari furono deposti in fondo alla fossa, con pietosa cura. Quei
poveri scheletri sono anche lì col pezzo di *aes-rude* in mano,
che doveva servire a pagare il passaggio acheronteo. Ma ciò
non muove a riso, perchè l'usanza superstiziosa di dare al
morto di che soddisfare all'inflessibile nocchiero, rivela una
delle più antiche e sublimi credenze, siccome è quella dell'im-
mortalità dell'anima.

Accanto alla sala anzidetta sta condegnamente l'altra assegnata a mettere in mostra un ripostiglio di bronzi, pur
esso appartenente alla prima età del ferro, il quale fu rinve-
nuto a caso nel 1877, facendo una fogna presso la chiesa ur-
bana di s. Francesco. È uno di quei ripostigli detti *fonderie*,

perchè gli oggetti contenutivi, o incompiuti, o non ancora usati, oppure dismessi, sminuzzati, con insieme dei pani di bronzo e mai del ferro, si riferiscono generalmente ad officine fusorie. Molti ritrovamenti di tal sorta, e tutti con i medesimi caratteri, sono avvenuti non che in Italia, al nord, al sud, all'est, all'ovest d'Europa, ma con proporzioni incomparabilmente minori. Poichè le sessantasette *fonderie* della Francia e della Svizzera, che sono le meglio note, fornirono complessivamente 3,061 pezzo, e la nostra 14,000, che pesano 1,500 chilogrammi. Manca il ferro, non perchè non si fosse cominciato a farne uso, ma perchè metallo che non si sapeva fondere. Questa sorta di ripostigli ha l'importante particolarità di somministrare oggetti che raramente o mai si trovano nei sepolcri, e così è appunto della nostra *fonderia:* onde le falci di varie guise, le accette a centinaia d'ogni tipo, le seghe, gli scalpelli, le sgorbie, le lime, che fan conoscere perfettamente gli utensili di quel tempo vetusto, senza dire delle spade, dei coltelli, delle lance, dei freni da cavallo, de'rasoi lunati, degli oggetti tipici fusiformi, delle armille, delle lamine ornate a sbalzo, delle duemila e più fibule, che, caratterizzando la prima età del ferro, offrono tutte le forme nostrane, fan vedere come uscivano dalla fusione, e ciò che rimaneva farvi dopo. Onde che questo ripostiglio e questa sala son cosa che fino ad ora non ha uguale.

Altre antichità italiche ed etrusche d'oltre Appennino, o di provenienza ignota, sono in una sala a parte, e vi spiccano i vasi chiusini neri, ornati di figure a bassorilievo e in rilievo, di stile propriamente arcaico, scevro d'influenza ellenica. Fra gli specchi figurati è quello, aretino, con la rappresentanza della nascita di Minerva, celebre sotto il nome di *patera cospiana*, derivatogli dal donatore. E importa notare che allorquando se ne volle trarre un *fac-simile* per l'opera del Gerhard sopra tal sorta di monumenti, si ricorse al metodo calcografico, e se ne ottenne un'esatta prova di stampa, come da qualunque altra lastra di rame incisa. Così fu dimostrato che gli Etruschi erano giunti a mezza strada per conseguire il vantaggio della calcografia, ma che loro mancò l'intuito di procedere ad una pratica applicazione, riservata a Maso Finiguerra molti secoli appresso. S'eran messi altresì, e anche i Romani, sulla via della stampa usando tipi mobili, come appare da impronte in opere figuline, ove taluna lettera è smossa o capovolta. Ma anche in ciò restarono a mezzo; e quel massimo propagatore di civiltà ch'è la stampa, rimase anch'esso in embrione, fino al tempo del Coster, del Guttemberg e dello Scheffer; tant'è vero che ci vuole o un genio o il caso per sviluppare certi germi preparati da secoli.

Le antichità romane occupano quattro sale ed una parte del peristilio. Indicherò soltanto le copiose raccolte di lucerne fittili e di vasi di vetro; il torso di una Venere e quello d'una grande statua imperatoria egregiamente scolpita in marmo; il quale fu disotterrato nel cinquecento presso la via Trebbo dei Carbonesi, ove in questo secolo si rinvenne la grandiosa trabeazione di un edificio romano, qui collocata, e dove probabilmente era il fòro. Quel torso è così egregiamente scolpito da poterlo credere dei tempi d'Augusto, e forse fu una statua eretta a quell'imperatore, che aveva beneficata Bologna ammettendola fra le proprie ventotto colonie, dandole le terme, e probabilmente anche l'insigne acquedotto di cui vedrete alquante fistule, e che, dopo molti secoli, ha ricominciato or ora a benificar Bologna di acque saluberrime, le quali zampillano anche in questo recinto.

Certo è che Augusto ebbe culto fra noi, perchè lo attestano il nostro puteale, qui accolto, consacrato al Genio d'Augusto, e quattro di queste nostre iscrizioni, che ricordano sacerdoti augustali. Le altre epigrafi romane e le greche son collocate anch'esse nel peristilio, tenute a parte le nostrane, tra le quali alcune colonne miliari, messe da M. Emilio Lepido nella via consolare da lui costrutta nel 567 di Roma, sì che sono de' più arcaici monumenti epigrafici della latinità. È poi singolare una enorme lastra di marmo a grandissimi caratteri del primo secolo dell'impero, che avrà fatto parte del titolo di un grandioso edificio onorario.

La sala centrale è destinata al medagliere, che conta 80,000 pezzi divisi in due categorie: cioè in quella delle medaglie che vanno a tutta l'epoca imperiale, e nell'altra delle monete di zecca, la cui serie bolognese ha pezzi della maggiore rarità. Vi sono uniti più di 7,000 medaglioni d'uomini illustri, e parecchi portano i nomi dei celebri artefici Sperandio, Matteo de' Pasti e il Pisano.

Le collezioni medioevali e del risorgimento principiano da due sale, in cui sono allogate le scolture. Vi si veggono saggi ornamentali e paleografici dei secoli VIII, IX, X, ed uno figurato del 1159. Ma più attira lo sguardo, per un lunghissimo braccio sollevato, la statua di quel Bonifacio VIII, la cui « anima trista come pal commessa » fu trovata dall'Alighieri capofitta con le piote accese, nella bolgia de' simoniaci. I Bolognesi, in vece, decretarono nel 1301 gli si facesse questa statua di rame « con quella bellezza maggiore che possibile fosse » per opera di Manno orefice; il quale non seppe far meglio, nè poteva far peggio, quando da sessantacinque anni il divino Pisano aveva operato tra noi quel miracolo d'arte, ch'è l'arca del santo da Calaroga.

Quivi primeggiano monumenti sepolcrali di lettori del trecento e del quattrocento che rifulsero nel nostro studio, allora centro di sapienza che irradiava per tutto il mondo civile: e sono figurati in cattedra insegnando agli alunni, ed anche effigiati esanimi. Taluni di questi monumenti insieme col pregio storico hanno quello dell' arte, egregia e al tutto veritiera. Nè miglior collocamento potevano avere, imperciocchè son proprio accanto all' archiginnasio, in cui si accolsero tutti i rami dell' insegnamento che prima erano sparsi.

Un cospicuo modello in bronzo, dimostra come Giambologna aveva ideato il Nettuno per la nostra fonte, e come poi lo migliorasse. Di stile diverso ma pur pregevole è il gruppo in bronzo dell' Arcangelo debellatore, eseguito dall' Algardi pei monaci di s. Michele in Bosco; ed è di un verismo michelangiolesco il busto del Gregorio che riformò il calendario. Infatti, il suo autore Alessandro Menganti, che modellò anche la statua colossale dello stesso pontefice, quale si vede sopra la porta del palazzo civico, era chiamato il *Michelangelo incognito* da Agostino Carracci.

Alcuni avanzi architettonici, non trovando luogo nelle sale anzidette, furono disposti nelle pareti del secondo cortile; e quelli in terra cotta dan saggio di un' antica specialità bolognese molto e giustamente ammirata.

La sfragistica è rappresentata bene da sigilli d'uomini celebri, non che di casate e di istituzioni a cui il tempo ha dato di frego.

Costituiscono un'insigne raccolta più di cento libri corali, che occupano quasi tutta una sala: rimontano dal seicento al dugento e abbondano di pregevolissime miniature e di saggi delle armonie liturgiche di quei secoli. Sonovi insieme pitture anteriori al cinquecento ed anticaglie chiesatiche, tra le quali spicca un meraviglioso piviale, riferibile al secolo XIV, tutto ricamato a figure, che per preziosità di disegno, per gradazioni di colorito e di chiaro-scuro, sembran più tosto lavoro di valente pennello anzichè d'ago.

Alla raccolta dei corali si collega in qualche modo quella

curiosissima degli strumenti musicali dei tempi andati, la quale
ci fa vedere di che poveri mezzi dovean valersi i maestri e
gli esecutori a que' tempi, in cui sarebbero per ciò stati im-
possibili un Rossini ed un Wagner. Quivi, tra le masserizie è
uno stupendo trittico a smalto dell'officina di Limoges, resa
celebre dai trovati di Bernardo Palissy, e avorii intagliati,
stipi, splendide tappezzerie di bazzana con lo stemma Bargel-
lini e varie sorta di curiosità nostrane ed esotiche, che fanno
considerare al filosofo come tutto quaggiù sia mutevole: e come
no, se nulla d'immutabile è nè meno nel firmamento!

Un'altra sala, data all'arte ceramica della rinascenza, con-
tiene di quelle stoviglie pitturate a smalto, che sono vanto
d'Italia sopra ogni altra nazione. L'accolta non è delle più
numerose, ma bensì delle più pregevoli, chè vi è un piatto cui
si attribuisce il primato su tutti i bellissimi del pavese Andrioli
detto mastro Giorgio da Gubbio, e sono di prim'ordine le ma-
ioliche di Francesco Xanto Avelli da Rovigo, di Giulio da Ur-
bino, di Niccolò da Fano, e di quell'insigne maestro che in ca
Pirotta, a Faenza, rendeva impareggiabile un piatto dipingen-
dovi una coronazione, che si reputa quella di Carlo V, avve-
nuta in Bologna. Vi stanno accanto delle stoviglie esotiche e
fra queste singolari le moresche, non che le messicane, e le
peruviane anteriori alla scoperta di Colombo: son foggiate a
figure varie e barbare, credute simboliche, tolte da tipi animali e vegetali; talun vaso è doppio o quadruplo, con interna
comunicazione che lo rende fischiante. Vi ha inoltre dei pregevoli vetri, arabi e muranesi.

Questa sezione si compie con l'oploteca, che comprende
armi orientali, conquistate dall'illustre Marsigli, bellissime per
lavori all'agemina, a smalto, di tarsia, di commesso, per gemme
incastonate e per ogni sorta di leggiadrie ornamentali. Gli
schioppi d'occidente offrono la rigatura, la rivoltella *(revolver)*
e la retrocarica, generalmente credute di recente invenzione.

Quante e diverse memorie risveglia il gruppo d'armi e d'insegne d'un baldo capitano, cui fortuna diè mezza Italia e l'estremo supplizio!

Una sala contigua accoglierà modelli e piani antichi di fortificazioni che ricordano una gloria bolognese, Francesco Marchi, da cui trasse il Vauban molto di ciò che lo rese celebratissimo.

Signori: io non presumo di gran lunga d'avervi fatto conoscere quanto ha di prezioso questo Museo e la sua importanza, nè quanto possono vantaggiarsene l'archeologia e la storia basandosi su i monumenti. Spero tuttavolta d'avere abbastanza dimostrato come, per alcune specialità, questo Museo possa annoverarsi fra i primari d'Italia e contribuire a mantener Bologna in fama di *Madre degli studi*. Io gli auguro che le future amministrazioni municipali intendan provvide al suo incremento, al suo lustro, come la odierna; che il Ministero della istruzione pubblica, e segnatamente la Direzione generale delle antichità dello stato, continui ad arricchirvi la suppellettile nazionale; che i Bolognesi, rivendicando i tesori scientifici, certo in gran copia rimasti ascosi tuttavia in questo classico suolo, seguano poi gli esempi di generosità antichi e moderni de' concittadini. Saranno ulteriori documenti della civiltà e della grandezza della gente felsinea, strappati al tempo distruggitore: nuove pagine di una storia che sembrava irreparabilmente perduta.

G. GOZZADINI

IL SEPOLCRETO DI CRESPELLANO

NEL BOLOGNESE

BOLOGNA
TIPOGRAFIA FAVA E GARAGNANI
1881

Furon trovati è già tempo alcuni vasi ossuari, lavorando un podere del marchese Banzi denominato Crespellano; il quale sta nel Comune omonimo a 20 chilometri da Bologna verso ponente, presso la via provinciale che volge a Bazzano. Avutane notizia, eccitai il sopraddetto proprietario ad esplorare quella postura, che dava speranza d'uno scavo proficuo; e la mia proposta fu accolta così, che convenimmo darvi esecuzione insiememente; io ne assunsi la cura nel 1874. Si rinvennero di molti vasi, come dirò in seguito, ma nessun altro oggetto, nessuna particolarità, che valessero a determinare il tempo e il popolo di quel cimitero, o almeno a raffrontarlo con altro somigliante. Sì che stimai miglior partito di tacermi e aspettare se, per caso coll'andar del tempo, qualche altro ritrovamento consimile mettesse un po' di luce nell'oscurissimo cimitero, o almeno desse opportunità di parlarne; il che adesso è avvenuto.

Nel Bullettino di paletnologia italiana, ultimo fascicolo del 1880, il ch. prof. Pigorini dà ragguaglio particolareggiato, e illustrato da tavole, di un antico sepolcreto in prossimità di Bovolone sul veronese: ne traggo ciò che può giovare ad uno studio comparativo.

Il terreno ov'era il cimitero di Bovolone *appariva in-gombro in parecchi punti di fondamenta e materiali romani e medioevali, e qua e là sparso di oggetti archeologici di quei tempi.* Da prima vi si estrassero parecchi vasi ossuari fittili, molti dei quali andarono in frantumi, alcuni se li presero dei privati, trentasei passarono al museo civico di Verona. Il Pigorini li vide, e, sembratigli importanti per gli studi paleoetnologici, chiese al Ministero della Pubblica Istruzione, e ottenne, di ricercare altri di quei vasi con metodo scientifico, a vantaggio del museo preistorico di Roma. Le indagini, a cura del cav. Stefano de Stefani, fruttarono una serie di vasi, i cui principali sono figurati in due tavole del sopraddetto Bullettino.

I primi ossuari giacevano a circa m. 1. 50, e quelli trovati dappoi fra i m. 0. 85 e 0. 95 sotto il piano di campagna, distribuiti verosimilmente in file parallele. Alcuni, come lasciò scritto il Martinati, stavano in mezzo agli avanzi del rogo, cioè carboni, ceneri e minuti frammenti d'ossa accumulati studiosamente intorno ai vasi, e formanti una massa compatta ed aderente alle pareti dei medesimi. Riempiti di resti umani calcinati, erano per la più parte coperti da **ciotole** *capovolte, e talora apparivano associati a vasi accessorii.*

Le tombe così composte trovavansi nella nuda terra, senza limite o riparo alcuno. Soltanto va notato la circostanza di essersi anche rinvenuti taluni interi scheletri umani.... e il De Stefani non dubita punto che almeno uno non sia contemporaneo agli ossuarii. Su tali scheletri per altro non poterono farsi le migliori osservazioni, non si trovarono con essi oggetti che ne rivelino l'età, epperò non mi pare utile tenerne conto.

Esaminati nell'interno gli ossuarii del Museo di Verona, e quelli del Preistorico di Roma, si videro contenere unicamente ossa umane calcinate, tanto da mostrare alla prima che il cimitero fosse di famiglie poverissime, o piuttosto che il rito funebre esigesse di riporre nell'urna solo le ceneri dell'estinto. Nemmeno reliquie d'altro genere apparvero nel terreno circostante, eccetto delle ossa di quadrupedi.... il Martinati menziona due anse molto allungate d'apertura, di pasta nera e alquanto più fina degli ossuari, affatto simili alle anse lunate o cornute comuni, mancanti però delle corne che evidentemente furono spezzate. Le ho fatte cercare ed io stesso le ho cercate inutilmente pel Museo veronese, e me ne duole, imperciocchè gioverebbe il poter constatare che l' ansa cornuta uscisse dal cimitero di Bovolone.

Passando poi il Pigorini a indagare a quale età risalgano le tombe di Bovolone, riconosce le difficoltà gravissime che derivano dall'esservi solo vasi e nè meno un oggetto diverso, sicchè altro non resta a fare che un esame comparativo degli ossuari. Quanto alla pasta loro, e dei vasi accessorii, la è grossolana, mal cotta, in generale nerastra o leggermente rossiccia alla superficie, e lisciata all' esterno con pochissima cura, forse solo con la mano. Fa eccezione per un vaso di pasta migliore e di più fino lavoro, riprodotto nella tav. XII fig. 3 del Bullettino.

Sono stoviglie simili nella materia e nell' aspetto alle più grossolane delle terremare dell' Emilia dell' età del bronzo, delle stazioni analoghe Lombarde e Venete delle abitazioni lacustri delle medesime contrade. Per le forme dei vasi, particolarmente per le anse e per la povertà e rozzezza dei loro ornamenti, rimanda alle proprie tavole, notando che appare siano assai antichi, e che i vasi accessorii hanno i caratteri generali delle stoviglie non fine delle terremare emiliane. Gli ossuari non vi si possono confrontare perchè non ce ne sono nelle terramare. Sembra in vero che ogni popolo li foggiasse di un tipo determinato e proprio, ma non direi col Pigorini assolutamente che « qualsiasi popolo che praticò l' incenerazione si è servito per conservare le ceneri dei trapassati di vasi diversi da quelli che adoperavansi nelle case » poichè gli antichi si valsero frequentemente di vasi preziosi tolti dalla mobilia del defunto, per conservare le sue reliquie [1]. E infatti

---

[1] « Spesso erano vasi (quelli in cui si racchiudevano le ceneri dei defunti) non fatti a posta per ciò, ma destinati primamente ad altri usi; sceglievansi i più preziosi fra la mobilia del defunto. Il vaso in che Achille ripose le ceneri di Patroclo era d'oro a due manichi, e fatto a tazza, talchè,

la necropoli felsinea offre esempi di vasi greci dipinti (taccio della situla rituale di bronzo, figurata) adoperati dagli Etruschi come ossuari, benchè destinati al lusso domestico.

Il Pigorini trae ulteriore argomento dell'alta antichità dei sepolcri bovolonesi, dal loro carattere generale e da talune particolarità che trovano riscontro nella necropoli di Monte Lonato sul mantovano, la quale, per ragioni da lui esposte altrove, dice doversi riferire al popolo delle stazioni lombarde e venete, analoghe alle terramare emiliane. Quindi crede che le tombe di Bovolone sieno più antiche di quelle *della prima età del ferro dell'Italia superiore, e che siano da attribuirsi alla medesima civiltà, se non al popolo medesimo, delle ricordate stazioni Lombarde e Venete, e delle terramare dell'Emilia.*

Poscia il Pigorini menziona due recenti scoperte fatte nell'Italia superiore, le quali sembrano avvalorare le sue argomentazioni. La prima è della necropoli presso la terramara di Casinalbo nel modenese, ove gli ossuari coperti da una ciotola capovolta o da piccola pietra naturale, piatta e circolare, *stanno così fitti, che non meno di trenta ne apparvero nel breve spazio di un metro quadrato.... giacciono disposti in due letti immediatamente sovrapposti, tanto che non di rado il fondo dell'ossuario superiore premendo sull'inferiore vi è penetrato colla base;* e conclude che la necropoli di Casinalbo richiama perfettamente al pensiero quella di Bovolone. La seconda scoperta menzionata é di un'altra necropoli a Pietole vecchio, sul mantovano, con ossuari mal cotti e rozzi, coperti da ciotole capovolte o da larghi cocci, la quale *trova piena corrispondenza* nelle altre necropoli di Bovolone, di Monte Lonato e di Casinalbo.

Averte però che una ciotola degli ossuari di Casinalbo, benchè abbia fregi geometrici assai semplici, è altresì decorata da borchiette di bronzo, il che non si è mai notato nei vasi delle terramare emiliane, ma si invece in stoviglie che sem-

per difetto di coperchio, fu chiuso con un panno lino. Omero Il. Ψ, v. 254, e lo scoliaste Marciano, ivi, v. 243 ». (Visconti E. Q. Mus. Pio Clem. vol. V. p. 201, n. 1).

brano caratterizzare uno dei periodi della prima età del ferro. Inoltre, che nella stessa necropoli di Casinalbo c' è *qualche ossuario che si direbbe di un' arte alquanto più progredita di quella delle stoviglie di Bovolone e .di Monte Lonato, e che si àccosta nella forma, non però negli ornati, a taluni vasi cinerarii fra i più semplici di vere necropoli della prima età del ferro, così dette del tipo di Villanova.*

La spiegazione di questo fatto da. lui proposta, senza voler risolvere la quistione che ne deriva, è che la gente e la necropoli di Casinalbo siansi protratti fino alla prima età del ferro, e possano esser stati tolti dallo strato superiore, essendovi due strati, gli ossuari, i quali hanno caratteri meno antichi. Chi accetta le conclusioni di lui, egli dice, ammetterà che nella necropoli anzidetta, *si abbia la espressione dei riti funebri praticati dal popolo, che nella piena età del bronzo formò le terramare dell' Emilia, e che, durante l' età stessa, e almeno fino dai primordi di essa, lasciò nella Lombardia e nel Veneto depositi analoghi, e le palafitte dei laghi e delle torbiere. Quel popolo ebbe il costume di bruciare i propri morti, volle dalla tomba bandita ogni vanità, e nei modesti ossuarii raccolse e compose soltanto le ceneri dei trapassati.*

Ma anche qui, soggiunge, non si deve dimenticare il sepolcro di Povegliano veronese, il quale, con le forme dei numerosi oggetti contenuti, fa conoscere una gente che aveva arti ed usi comuni con quella delle terremare e delle palafitte; a Povegliano però usavasi l' umazione, mentre che nelle necropoli di cui ha discorso praticavasi l' incinerazione. A Povegliano *uno sfoggio dei migliori oggetti;* nelle necropoli *studiosamente bandito tutto ciò che non fosse strettamente voluto per conservare le ceneri. Da che procede la differenza non è facile dirlo.*

Dopo aver riassunto la narrazione e le considerazioni del Pigorini, ad agevolare i confronti, è tempo ch' io dica del mio scavo a Crespellano, valendomi degli appunti presi e dei vasi conservati.

Come ognuno può immaginare cominciai lo scavo là presso dove i contadini avevano rinvenuti alcuni ossuari, e primamente fu sterrata per la profondità di 40 cent. un'area quadrilunga di 10 e di 16 metri per lato. Dalla metà circa di quest'area andando verso ponente, ossia nella direzione opposta ai primi vasi trovati, si cominciò e si continuò a scoprire strati di embrici e di mattoni manubriati romani, ed altri strati di tegole. Erano tutti quanti intersecati da viottoli ciottolati, larghi più d'un metro, e da un perimetro pur ciottolato, largo 6 metri e lungo 8. In principio di tale guazzabuglio vedevansi due piccoli manufatti: uno quadrato di un metro di lato, l'altro circolare d'altrettanto di diametro; ambidue contornati da embrici messi in taglio che sopravanzavano il piano interno, il cui terreno era indurito e rosso, così come avviene per l'azione prolungata del fuoco. Di questa rimanevano ulteriori vestigi in certi ammassi di colature vetrificate, e nella terra in più luoghi nera per sostanze animali e vegetali carbonizzate, riferibili a ustrini. Disfacendo quegli strati si trovò altresì terra nera, con tramezzo cocci volgari e qualche asse imperiale, segnatamente uno di Costanzo; pochi oggetti di ferro, degli esagoni di terra cotta da impiantito, dei frammenti di vaselli di vetro, e altre cose di poco conto. Ma sotto uno degli strati di pezzi d'embrici e di ciottoli, che formando una striscia larga di mezzo metro si dirigeva verso il punto ov'erano stati trovati i vasi dai contadini, si scopersero otto ossuari uguali a quelli di cui dirò appresso, ed alla medesima profondità. Questi anzi si collegavano con gli altri e formavano uno dei punti estremi, ossia l'orientale della necropoli. Giova intanto notare che le anzidette particolarità di costruzioni e materiali romani nello strato meno antico, trovano riscontro nel sepolcreto di Bovolone.

I vasi, pressoché tutti ossuari, cominciaronsi a trovare fra i 60 e i 70 cent. sotto il piano di campagna; cioé a minor profondità di quelli di Bovolone, ed erano talvolta disposti in due suoli così immediati, che alcuni dei vasi superiori trovavansi penetrati negli inferiori come nella necropoli di Casinalbo, simile a quella di Bovolone. Quasi non v'era intervallo nè meno da lato, onde, per estrarne taluni in istato conservabile, bisognava mandare a male quelli ch'erano prossimi; ed una sezione verticale di questo scavo pareva, per così dire, il fondaco d'un vasaio, in cui stesse ammucchiata la sua merce. Le sono particolarità specialissime, e tanto più notevoli per esser ripetute a Casinalbo. Vidi però alcuni vasi separati dai vicini mediante una piccola sfaldatura di macigno; e sei, non divisi dagli altri, eràn coperti da un grande mattone e da due pezzi d'embrici, quasi come a Monte Lonato. Così, in un'area lunga metri 5. 50 e larga metri 4. 50 si rinvennero 250 vasi, cento dei quali ho donati al Museo civico, ed altrettanti sono posseduti dal marchese Banzi, essendone andati a male 50 nel far lo scavo. Ciò dà una media di dieci vasi per ogni metro quadrato di superficie.

E qui non mi so spiegare, ne ha spiegato Pigorini, come possa esser stato eseguito il sotterramento di questi ossuari l'un presso l'altro, anche indipendentemente dallo strato superiore. Il seppellimento consecutivo, fatto a poco a poco con intervalli di tempo, quale avviene ordinariamente nei cimiterii, non mi pare ammissibile, stante le particolarità indicate. Nè meno è probabile il seppellimento contemporaneo in que' cimiterii che contengono centinaia o migliaia di cadaveri bruciati, perchè bisognerebbe supporlo avvenuto dopo battaglie; e che battaglie, se ci fossero rimaste delle migliaia di morti, come pare siano a Crespellano. E poi in tal caso si sarebbe bruciato separatamente ogni cadavere? Perciò lascio ad altri di trovare una spiegazione plausibile di questo fatto, molto problematico.

Gli ossuari erano per lo più coperchiati da una ciotola capovolta (fig. 7) come a Bovolone, a Pietole, a Casinalbo, e avevan sopra, immediatamente e ritto un ciottolo bislungo, non grande, probabilmente per segno sepolcrale, invece di un ciottolo piatto come negli ossuari di Casinalbo e di Pietole. Conforme a questi, quelli di Crespellano contenevano, niuno escluso, soltanto pezzi piuttosto grandi d'ossa umane calcinate, che formavano come una breccia grossa 8 o 9 cent.; e non ceneri, nè un oggetto qualsiasi! Ed è questa una particolarità delle più singolari, più spiccate e più caratteristiche, la quale giova molto alle indagini comparate, e a riconoscere il sincronismo di questa necropoli e d'altre circompadane; ma da mettere ad una tortura morale chi vorrebbe arrivare a conclusioni, concernenti la cronologia e l' etnologia.

Si fu appunto per tale circostanza, e per trovar sempre ripetute le stesse forme di stoviglie, che venne tralasciato lo scavo, benchè fosse riconosciuto che la necropoli di Crespèllano si distendeva più oltre. Essendo che, mediante quarantotto saggi o esplorazioni parziali, fatti fino alla distanza di 300 metri [1], risultò che la lunghezza totale della necropoli è di metri 40 su 12 di larghezza; e che, nei vari punti ove fu messa all'aprico, offrì costantemente le particolarità che ho già riferite. Supponendo pertanto che la quantità dei vasi fosse da per tutto in media press'a poco come lo era nel tratto scavato interamente, ossia di 10 vasi per metro quadro, il totale dei vasi ammonterebbe a circa 4800.

Tutte le figuline crespellanasi corrispondono a quelle di Bovolone e dei consimili cimiterii per l'impasto più o meno grossolano, bruno o rossiccio, per esser fatte e lisciate a mano, e cotte a fuoco libero. Gli ossuari per la più parte corrispondono altresì nella forma, nelle anse e nell'ornamentazione semplicissima di linee o rette o curve fatte con la stecca, ma segnatamente di semicircoli concentrici. Però talvolta codesta ornamentazione è accresciuta da certe piccole concavità fatte mediante una capocchia convessa, come può vedersi nella ciotola, fig. 5, ch' era sovrapposta ad un piccolo ossuario ornato ugualmente, benchè il disegnatore non lo abbia indicato nella tavola qui unita.

Altri ossuari in vece, pel maggior svilupppo della sagoma

---

[1] A tale distanza, e a 100 m. dalla via provinciale, vennero fatte ulteriori esplorazioni in un perimetro di m. 6 per lato, e in un altro perimetro di m. 3 per 8. Quivi ancora trovaronsi i viottoli ciottolati, e impiantiti di embrici situati sul suolo vergine; una buca riempita con frammenti di grossi embrici e di grandi mattoni per lo spessore di m. 0. 75, e qua e là una sessantina di cocci di vasi e tazze finissimi a vernice nera, dell'epoca etrusca. Altri cocci di tal fatta si rinvennero sparsi in più luoghi. Presso un dei viottoli sopraddetti, e convergente con esso lui, si scoprì un tratto di condotto di 26 cent. d'apertura, il cui suolo era formato da embrici e i lati da mattoni manubriati, con direzione da nord-est a sud-ovest.

complessiva, si accostano, come taluni di Casinalbo, a quelli del sepolcreto di Bismantova, dell'altro, tipico, di Villanova, (fig. 11) appartenenti alla prima età del ferro; e sono indicati dal Pigorini come quelli che danno *prove di un'arte più progredita, di una civiltà maggiore che in Bovolone.* Un ulteriore legame fra tutti questi sepolcreti risulta poi da certi bitorzoli ornamentali, che sono in embrione negli ossuari di Bovolone, e veggonsi sviluppatissimi in ossuari di Crespellano (fig. 8-10) ed anche in una grande fibula di terra vetrificata, o smalto policromo, proveniente dal sepolcreto di Villanova, la qual fibula è la più bella conosciuta di tal genere. Ma ci sono due vasi accessorii crespellanesi, che, conservando il carattere generale di tutti gli altri, han qualcosa di particolare nella forma, nell'ansa specialmente, e nell'ornamentazione di linee rette fatte con la stecca (fig. 4).

È verissimo. come lo assevera il Pigorini, che una gran parte delle stoviglie di Bovolone e dei sepolcri congeneri ha il carattere generale di quelle delle terramare emiliane; e posso aggiungere, che l'ornamentazione a semicerchi concentrici delle figuline di Crespellano (fig. 2, 8, 10) trova notevolissimo riscontro specialmente in una ciotola dello strato inferiore della terramare di Gorzano [1]; che l'ornamentazione a bitorzoli con sopra i semicircoli in vasi di Crespellano (fig. 10) ha corrispondenza in altro vaso del medesimo strato di terramara [2], e che in oltre i bitorzoli si trovano anche in fuseruole nello strato sopraddetto [3]. Così le anse orizzontali (fig. 9, 11) e le verticali di varie sorta (fig. 3, 6, 8) e le protuberanze ornamentali a bottone (fig. 1), sono comuni al sepolcreto di Crespellano e alla terramara gorzanese [4]. Devesi però notare che l'ornamentazione a concavità piccole e spesse, unite ai semicircoli (fig. 5) e quelle di linee a zigzag (fig. 9) le quali veggonsi in figuline di Crespellano, si tro-

---

[1] Cf. Coppi, Monografia ecc. della terramara di Gorzano vol. 1.° tav. XII, fig. 1.

[2] Cf. Coppi cit. tav. XIV, fig. 2.

[3] Cf. Coppi cit. vol. II.°, tav. LVII, fig. 16, 18, 19, 20, 21, 23, 24, 25.

[4] Cf. Coppi cit. vol. II.°, tav. LVII, fig. 2. Vol. I.° tav. X, fig. 7, tav. XVI, fig. 6, tav. XXIV, fig. 4.

vano bensì in vasi della terramara di Gorzano [1], ma alla profondità soltanto di m. 1 a 1. 20; quindi non si può accertare, anzi è a dubitare, che appartengano all'età del bronzo; perchè il primo strato di quella terramara, riferibile all'età del ferro è secondo il Coppi della potenza di m. 1 a 1. 50; e solamente l'inferiore è dell'età del bronzo. Onde potrebb'essere applicabile anche alla necropoli di Crespellano la congettura del Pigorini, che la necropoli di Casinalbo siasi protratta dall'età del bronzo a quella del ferro.

Rimane poi da sciogliere un nodo molto tenace non dissimulato dal Pigorini; ed è, che riferendo all'età del bronzo i sepolcreti sopraddetti, privi assolutamente e sistematicamente d'ogni sorta supellettile, fa contrasto troppo spiccato il cimitero di Povegliano, sul veronese come quello di Bovolone e riferito anch'esso all'età del bronzo. Poichè il cimitero di Povegliano era provveduto di ricchissima e svariata suppellettile di bronzo, del pari che molti altri cisalpini e transalpini, e aveva tutti i sepolcri a umazione, anzichè a cremazione [2]. Queste *costumanze affatto speciali* ed opposte, non deriveranno o da tempo diverso, o da gente diversa? È un nodo da sciogliere, nè io mi ci proverò.

Con questa pubblicazione ho inteso soltanto ad aggiungere l'ignoto sepolcreto di Crespellano a quelli noti di Bovolone, di Casinalbo, di Monte Lonato e di Pietole, e a metterne in rilievo le conformità e il sincronismo, con qualche osservazione comparativa. Le figure delle tavola qui unita valgono in parte a dare evidenza e prove alle mie indicazioni, e offrendo in parte dei tipi sconosciuti o inediti, gioveranno per stabilire altri confronti avvenendo ulteriori scoperte.

---

[1] Cf. Coppi cit. vol. III.°, tav. LXXXII, fig. 5 e 11.

[2] Cf. Pellegrini, Di un sepolcro preromano scoperto a Povegliano veronese.

1

2

5

8

9

3

4

6

7

10

11